[比]让-米歇尔·沙利耶 编　[法]让·吉罗 绘　贾美玉 曹艳艳 译　后浪漫 校

蓝莓上尉

联盟国的宝藏

图书在版编目（CIP）数据

蓝莓上尉：联盟国的宝藏 /（比）让－米歇尔·沙利耶编；（法）让·吉罗绘；曹艳艳，贾美玉译. -- 长沙：湖南美术出版社，2020.3
ISBN 978-7-5356-9005-0

Ⅰ.①蓝… Ⅱ.①让…②让…③曹…④贾… Ⅲ.①儿童故事－图画故事－比利时－现代 Ⅳ.①I564.85

中国版本图书馆 CIP 数据核字（2019）第 294726 号

Blueberry 13 – Chihuahua Pearl
© DARGAUD 1973, by Charlier, Giraud
Blueberry 14 – L'Homme qui valait 500.000$
© DARGAUD 1973, by Charlier, Giraud
Blueberry 15 – Ballade pour un cercueil
© DARGAUD 1984, by Charlier, Giraud
www.dargaud.com
All rights reserved

本作品简体中文版由 DARGAUD 欧漫达高文化传媒（上海）有限公司 授权出版
Simplified Chinese translation edition published by Ginkgo (Beijing) Book Co., Ltd.
本书中文简体版权归属于银杏树下（北京）图书有限责任公司。
著作权合同登记号：图字18-2019-339

蓝莓上尉：联盟国的宝藏
LANMEI SHANGWEI: LIANMENGGUO DE BAOZANG

出 版 人：黄　啸
编　　者：[比] 让－米歇尔·沙利耶
绘　　者：[法] 让·吉罗
译　　者：贾美玉　曹艳艳
选题策划：后浪出版公司
出版统筹：吴兴元
责任编辑：贺澧沙
特约编辑：李　悦
营销推广：ONEBOOK
装帧制造：墨白空间·黄　海
出版发行：湖南美术出版社　后浪出版公司
　　　　　（长沙市东二环一段 622 号）
印　　刷：北京盛通印刷股份有限公司
　　　　　（亦庄经济技术开发区科创五街经海三路 18 号）
开　　本：889×1194　1/16
字　　数：72 千字
印　　张：10
版　　次：2020 年 3 月第 1 版
印　　次：2020 年 3 月第 1 次印刷
书　　号：ISBN 978-7-5356-9005-0
定　　价：82.00 元

后浪出版咨询(北京)有限责任公司 常年法律顾问：北京大成律师事务所
周天晖　copyright@hinabook.com

未经许可，不得以任何方式复制或抄袭本书部分或全部内容
版权所有，侵权必究

本书若有质量问题，请与本公司图书销售中心联系调换。电话：010-64010019

① 1英尺约等于0.3米。

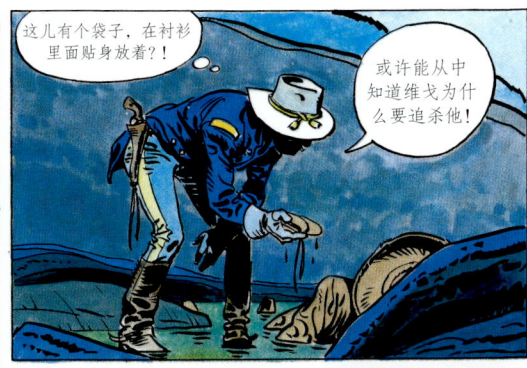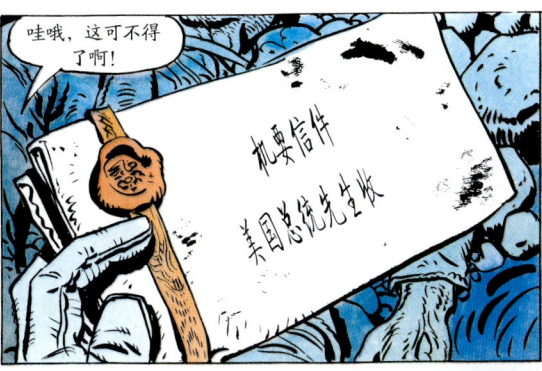

① 一些北美印第安人会从战败的敌人头上割下带发头皮以作战利品。

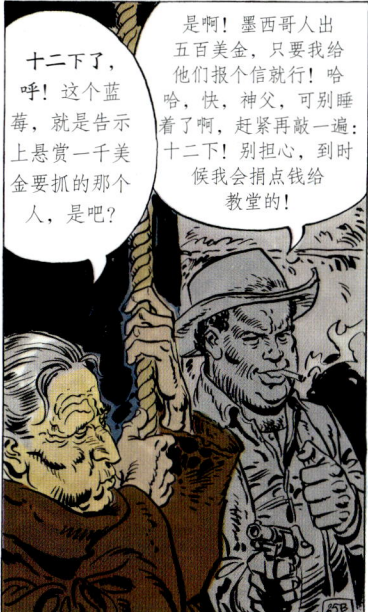

* 志愿者团队。

① 胡亚雷斯（Juárez，1806—1872），墨西哥民族英雄，墨西哥国家统一和民主共和制度的奠基人之一，曾任墨西哥总统。

① 新墨西哥州中南部的东阿帕切人。

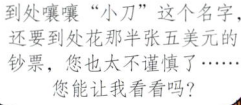

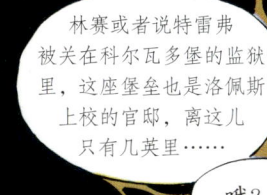

这天早上,由维戈队长率领的墨西哥联邦政府军得到总统胡亚雷斯的授权,潜入了奇瓦瓦。这座常年遭受烈日炙烤的小城地处荒芜的塔拉瓦马拉山的边缘,只有蛇、秃鹫和阿帕切人才能在这座山上生存下来。

与此同时,另一队人马也正向奇瓦瓦进发,他们是以芬利和金博尔为首的一伙由残余的南军组成的亡命之徒。

无论是正规军、墨西哥人还是亡命之徒都在追捕同一个人——蓝莓上尉。他表面上是被开除的美国骑兵团前军官,实则为华盛顿政府的秘密特工。

蓝莓奉命偷偷潜入墨西哥,营救一位名叫特雷弗的前南军上校。

该死,我要怎么才能把特雷弗从里面救出来呢?

此人化名为林赛,因抢劫被关进了科尔瓦多堡,那里也是奇瓦瓦州州长路易·埃米利亚诺·洛佩斯上校的官邸。

蓝莓上尉从一名美国歌女那里得知了这名囚犯的下落。这位歌女就是奇瓦瓦珍珠——迷人的金发美人、奇瓦瓦城的夜场皇后。

蓝莓和奇瓦瓦珍珠独处一室,不巧被苦苦追求她而不得的洛佩斯撞个正着。洛佩斯脾气暴躁、嫉妒成性,还好蓝莓灵机一动,想出办法骗过了洛佩斯,才没有暴露他的真正来意……

然而此计却让不可一世的州长跟他结了仇。洛佩斯命令蓝莓立刻离开奇瓦瓦永不回来,因此蓝莓无法等到他的两个老帮手——吉米·麦克卢尔和红脖子赶到。

在布迪尼的帮助下,蓝莓得以逃走。此人是和奇瓦瓦珍珠一起在"红房子"演出的蹩脚魔术师,同时也是奇瓦瓦珍珠的接头人。

到底是什么东西有如此大的吸引力能让各路人马齐聚奇瓦瓦?只有一样,也是对所有人来说最难抗拒的东西:金子!

蓝莓 / 维戈 / 奇瓦瓦珍珠 / 洛佩斯 / 芬利 / 金博尔 / 麦克卢尔 / 红脖子 / 布迪尼

这笔价值五十万美金的金子是美国南北战争时期南方联盟军的战争经费。南军溃败之时,这笔金子由南方政权:美利坚联盟国的总统杰弗逊·戴维斯藏了起来,从此下落不明。

金库的藏匿地点只有一个人知道!这个人就是当初奉命把金子藏起来的人,也就是奇瓦瓦珍珠在蓝莓的帮助下竭力要从洛佩斯州长的魔爪中救出来的那个犯人:化名为林赛的特雷弗上校。

目前只有奇瓦瓦珍珠和蓝莓知道这名囚犯的真实身份,但这个秘密又能瞒多久呢?垂涎金子的人已经向奇瓦瓦进发了!蓝莓为了摆脱维戈及其手下的纠缠,偷了他们的马逃跑了,而他们却顺着马蹄印一路跟到奇瓦瓦,在城里展开了搜捕,而且他们很快就有了线索……

* 以上两页中的内容均为本故事第一集的前情回顾。

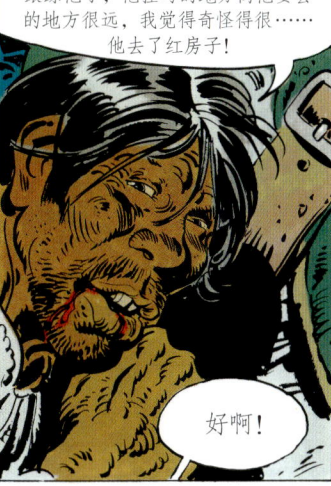

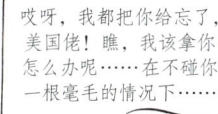

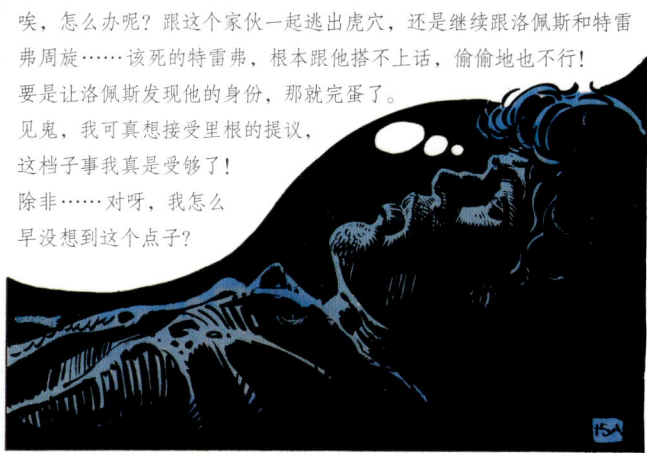

① 指墨西哥人，因为墨西哥人酷爱食辣。

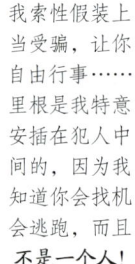

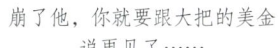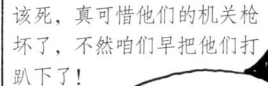

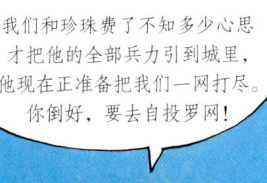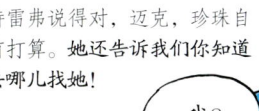

① 格兰德河是美国与墨西哥的界河。
② 下加利福尼亚半岛位于墨西哥西北部,加利福尼亚湾与太平洋之间。

蓝莓上尉：联盟国的宝藏

故事开始于1865年5月26日的夜里，特雷弗上校率领一队南军骑兵押送一辆军用马车，秘密越过墨西哥边境，逃离了美国。

只有特雷弗知道马车底的夹层中藏着价值五十万美元的黄金。这些黄金乃是美利坚联盟国的战争经费，由联盟国总统杰弗逊·戴维斯在政府倒台之际保留下来。

戴维斯总统委托特雷弗将金子转移出去并守住它，等待南军重整旗鼓，与北方重新开战的那一天。

不幸的是，墨西哥皇帝马克西米利安担心这些联盟国的流亡军可能会加入胡亚雷斯的叛军行列，从而危及自己的皇位，于是对特雷弗一行人持敌视态度。因此，一天早晨，特雷弗上校的骑兵队在小镇塔科马被墨西哥常规军及法国远征军的大批人马包围。

一场激战过后，特雷弗在当天夜里答应第二天日出后投降，但条件是他要先埋葬好阵亡的士兵。墨西哥方面同意了。

特雷弗只有一个念头，那就是保护好金子！那天夜里，他打开了一具棺材，把死去的士兵从里面拖出来，然后用马车里藏匿的金子调了包。

第二天一早，六具棺材被埋到了塔科马的小墓地里。除了特雷弗以外，不管是南军骑兵队的幸存官兵，还是当时在场的墨西哥与法国官兵，没有人知道其中一具棺材里装着宝藏！

特雷弗被关押了起来。不过,两年后,也就是1867年6月19日,马克西米利安帝被行刑队枪决了,胡亚雷斯取得了胜利,进而大赦天下……

特雷弗为了履行他对戴维斯的誓言:守好联盟国的金库,组建了一支匪帮,在塔科马周边的山上打家劫舍,把这座小镇变成了空城。

后来,这位前南军上校在酒吧偶遇了一位名叫"奇瓦瓦珍珠"的驻唱歌手,该女子成了他的情报员。不久后,特雷弗爱上了这位妙龄女子。一天晚上,他本想借酒消愁,结果却不慎对她泄露了一些秘密……

很快,奇瓦瓦珍珠就与特雷弗秘密结婚,但令她大失所望的是,特雷弗从此对那个秘密闭口不谈,没再提起过一个字。

不久之后,特雷弗与他的匪帮被奇瓦瓦州州长洛佩斯上校捕获,特雷弗再次被关进了科尔瓦多苦役犯监狱。而这一次,他被判了死刑。为了救出特雷弗并得到他的秘密,奇瓦瓦珍珠别无他法,只能引诱洛佩斯,结果却白费力气。

洛佩斯

这下奇瓦瓦珍珠慌了神,时间紧迫,她只能孤注一掷:她违背了对特雷弗的承诺,向华盛顿当局放了口风。在她看来,只有华盛顿当局才能力挽狂澜,立刻派人来助她一臂之力。

这个任务落到了蓝莓上尉身上。他和两位帮手——麦克卢尔与红脖子秘密赶往奇瓦瓦,谁承想此事已经走漏了风声……

不光是洛佩斯,墨西哥军方的维戈队长在政府的授意下也要把这笔金子弄到手。各方势力都在打着自己的如意算盘,却不知道只有特雷弗掌握着金库的下落。

维戈　芬利　金博尔

为了救出特雷弗,蓝莓与他的同伴最后只能借助一伙由芬利和金博尔率领的南军逃兵的力量。他们并不知道这伙人此前截获了一封军事密函,从中得知了金子的事,此行也是为寻找金库而来。

蓝莓和芬利一众人最后成功从科尔瓦多堡逃脱,躲到了一个岩洞里。奇瓦瓦珍珠因身份暴露遭到洛佩斯的追捕,脱身后也赶到岩洞与他们会合。

芬利和金博尔以折磨奇瓦瓦珍珠至死作为威胁,逼迫特雷弗带他们去藏金之处。

在夜幕的掩护下,芬利和金博尔一行骑马赶往塔科马,而蓝莓、奇瓦瓦珍珠、红脖子和麦克卢尔四人却被卸了枪、缴了马,困在岩洞中。*

*这些事在本故事的前两集中均有记述。

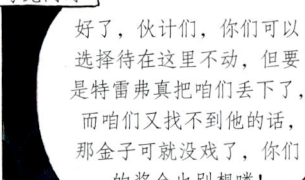

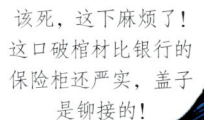

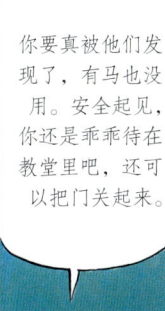

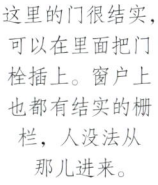

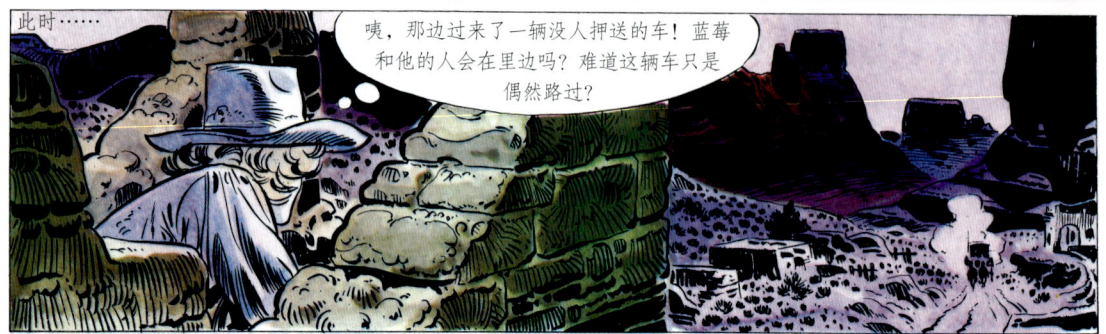

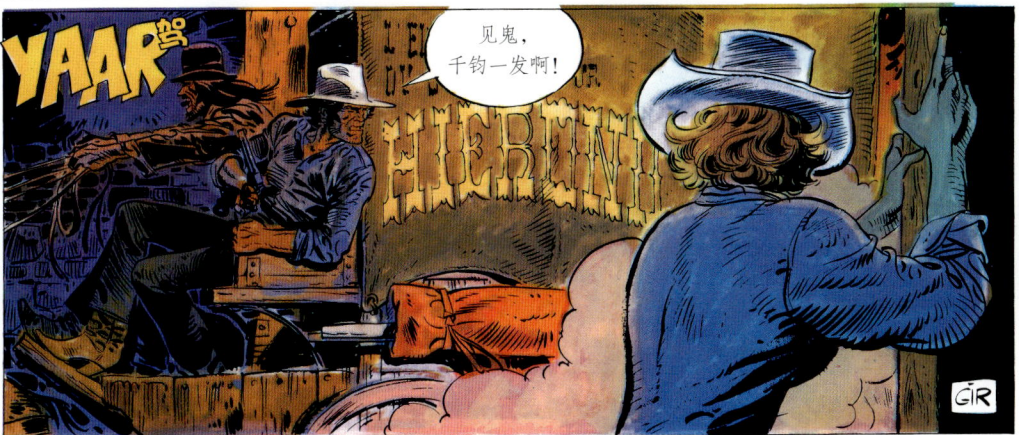

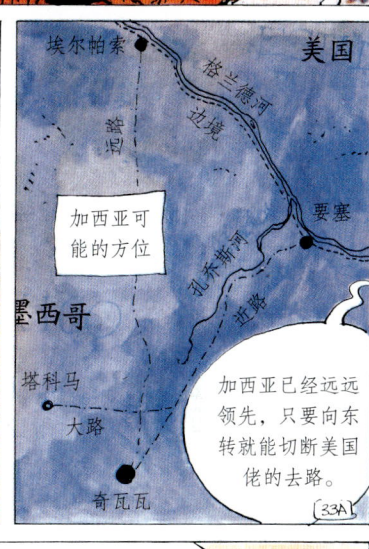

① 瓦尔迪兹是美国阿拉斯加州重要的港口城市，此处是指从瓦尔迪兹吹来的风。

① 格兰特在美国南北战争后期任北方联邦军总司令,1869—1877年任美国总统。

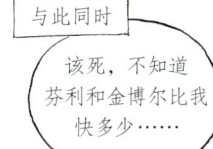

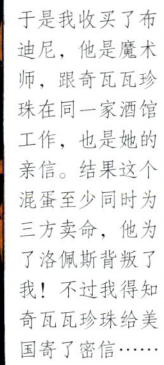

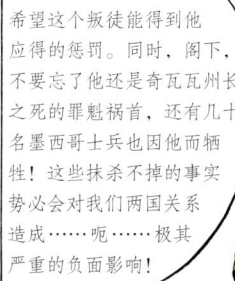

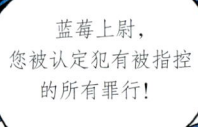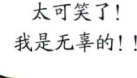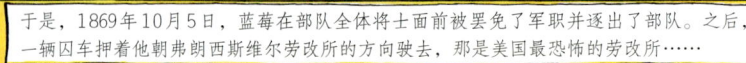